세상

- 세상을 바라보는 시선 -

서동우 시집

문학여행

차례

들어가며

    우리가 사는 이 세상은 수많은 경이로움으로 가득 찬 곳이다. 그러나 바쁜 일상을 살다보면 이러한 아름다움을 자주 놓치기 마련이다. 시집 〈세상 - 세상을 바라보는 시선〉에서는 우리 주변의 사물과 현상에 대해 색다른 시선으로 관찰하고, 그것을 시인의 지극히 개인적인 말투로 풀어 나간다. 쉽게 지나쳐버릴 수 있는 것에 담겨진 세상의 아름다움. 그리고 이를 더 많은 이들에게 전하고자 하는 자그마한 바람이 담겨져 있는 서동우 시집 시리즈 중 세 번째 작품이다.

비 온 날 추억 하나,
날 갠 날 추억 하나,
해 뜬 날 추억 하나,
눈 온 날 추억 하나,
일 년 삼백 예순 다섯 날 다 우리네 세상여행

2016년 6월 27일
서 동 우

감기

너는 감기처럼
예고없이 찾아와
또 나를 실컷 괴롭히고
말없이 사라져 버리네

그 좋다는 약도
소용치 아니하고
또 나는 시간을 버티고
지나가 버리길 바라네

여지껏 잊고 산
그리움을 맛보며
또 나만 시름시름 앓고
마주쳐 사라진 것을 그리네

어차피 또 걸리는 아픔인걸

감정

슬픔
위로란 글자로 녹아버리는 것

괴로움
희망이란 글자로 흘려보내는 것

외로움
동행이란 글자로 지워나가는 것

아픔
세월이란 글자로 잊어버렸던 것

행복
도저히 글자로 알 수 없었던 것

값어치

시집은 아깝다
그 작은 글씨들로
팔천원이나 받아먹는 것은
사기극과 같다.

국밥 두 그릇의 땀과
소주 댓 병에 담긴
눈물의 가치를 알게될 때
비로소 한 권 사자.

점 하나를 뺄지말지 열세 번 고민했다
나의 이런 정성을 누가 알까?

게임

나에게 있어
밖에 나가는 것은
게임에 나오는
포탈에 들어가는

나에게 있어
포탈 안 마을은
안전지대가 아닌
고된 노동처

나에게 있어
세상을 보는 것은
포탈로 나오는
몬스터 우글대는 곳

조금이라도 쉬고 싶지만
내 몸의 주인은
나로 하여금 끊임없이
포탈사이를 왕래하라 손짓하고

나는 끊임없이 이 무의미를
인생이라 인정하고 반복하는 위대한 주인공 중 하나

구름

저 많은 구름으로 이부자리 하면
온 사람 모두 따뜻하겠다
저 많은 구름으로 솜사탕 만들면
온 아이 모두 행복하겠다
저 많은 구름으로 빵을 빚어내면
온 주림 모두 사라지겠다
저 많은 구름으로 집을 지어내면
온 사람 모두 사랑하겠다

꿈

꿈을 찾아 방황했지만
꿈은 특별한 그 무엇이 아니였네
그저 내 마음 속 깊은 언저리에
고이 잠들어 있던 것이였음을

낭만에 대하여

낭만을 아십니까?
비오는날 파전에 동동주를 곁들여 마십니다

낭만을 아십니까?
사랑한다는 닭살돋는 말을 맨정신에 합니다

낭만을 아십니까?
생전 안 산 장미꽃 백 송이를 들고 기다립니다

낭만을 아십니까?
수수한 청바지의 끌림에 가슴이 바들거립니다

낭만을 아십니까?
당신은 낭만을 아시는 겁니까?
낭만은 존재하지 않는다고 말하는 당신,
낭만을 피우십시오.

마음자락에서

너의 마음자락에서
노니구름이 된다
산들바람에게
살결을 가리며
흐르는 땀줄기를 타고논다
긴긴 평화의 하품과
노곤한 잠의 온기가 펼 때
나는 다시 너의 곁으로 파고들어가
조용히 머리를 쓰다듬어준다

생(生)맥주

거품이 일렁인다
기대감이 부풀어오른다

숨을 들이마신다
속이 채워진다

입을 닫는다
입꼬리가 올라간다

적당한 거품과
적당한 내면이 만나
최고의 삶을 이루는

너무 거품만 끼어선 아니되고
너무 술만 따라선 아니되는
적당한 어려움이 만나 완성되는

한 편의 맥주,
그리고 한 잔의 삶.

산타는 없다
그렇기에 우리는 산타가 될 수 있다

몸살

몸살에 걸리면
춥고
아프고
아프고
춥고
생각이 많아진다

춥다

씨...

바둑
게임
수학
스카이락
집밥
포카리스웨트
햄버그스테이크
신내동 소아과
조퇴
기숙사
고백
차임
온갖 생각
엄마 생각

지금은 필요로 없는 것들
아니면 지금은 없는 것들

가끔가다 아프는 것도 괜찮겠다

미묘함

"축축하다"와 "촉촉하다"
한 곳에 이리 새침해지다

"촉촉하다"와 "축축하다"
한 곳에 이리 앙칼져지다

베개

베개야,
나는 네가 참 좋다.
매일밤 너의 팔베개를 베고
달콤한 잠에 든단다
너의 부드러운 살결에 묻혀
아침에 깨어나기 싫단다
아주 가끔
속 시원히 울고플 때
네가 곁에 지켜줘서
고마워
펑펑 울어도 부끄럽지 않게 해줘서

봄비

비 오는 날 문득
구름이 되자.
새로산 저 아줌마모자 내가 적시고
세차한 저 자동차전부 다시 적시고
새구두신은 저 누나의 다릴 적시고
세차게 몰아치는 저 통유릴 적시고
마지막으로
우산없는 이들의 머리뺨을 사정없이 갈겨버리자.
하하하!

실은 저기 저 꼬마에게
봄비 맛남 알려주고파.

미안해요 모두들!
정말 미안해요!

빗소리

쏴아-아
촤아-아
쑤와-아

이 행복한 빗소리를
이 미천한 글재주로
이것밖에 표현못하겠네

아!
좋아라

비 오는 날이면...

비 오는 날이면
비를 맞는다.

비 오는 날이면
녹슨 전봇대도
새빨간 새차도
비싫은 우산도
대머리 아저씨도
비를 맞는다.

삐뚜른 돌바닥 위에 평등히 내리는 그것을 맞는다.

잔디밭 돌바닥에 똑똑 떨어지는 빗방울은 마치
"나를 들여보내줘!"라고 돌님에게 노크하는 것 같다.
몇몇은 구멍 난 현무암 사이로 스며들고
몇몇은 우리들 머리잔디 사이에서 시원함을 자아낸다.
아, 시원하고 촉촉하고 부드럽고 따스한 지구의 감촉, 빗방울!

사랑 & 이별

사랑한다는 것
가슴뼈 속 지진이는 것
싸그라한 지진 뒤 흩어지는
가여운 슬픔있어 아름다운 것

이별한다는 것
가슴뼈 위 물끓이는 것
싸느차한 사랑 뒤 뭉글대는
가벼운 여운있어 기억되는 것

사랑

사랑,
내가 어찌할 수 없어 더 아린 것

사랑니

사랑이 곪거나 삐뚜루 자라면
누군가 대신 그것을 도려내어
빼내고 실로 상처를 꿰야한다

이것 미리 알기 어렵고
저것 알아도 어려워서
그리 많이도 아픈가보다

뽑을땐 뽕한기운에 모르게
지나면 뼈갈아내는 고통에
먹을때 뿌리없어진 설움에

양치에 못견딘 것들이 속속 뛰나온다
침대에 가만히 누우면 그 긴 허전함
아릿한 기분이 묘한 알수없는 후련함

벌써 두 번의 고비를 보내고 네 개의 아픔을 떼었지만
가끔은 여전히 옛감각과
손가락이 데면데면 텅 빈 자리를 고민하게 되는 것이 일상이 된다

또 뽑을게 없어 설웁고
또 날까 두려워 아프다

사이즈

내 몸 44사이즈
내 꿈 66사이즈

내 꿈 44사이즈
내 몸 66사이즈

내일부턴 더 큰 옷을 지어 입어야겠다.
내일부턴 더 큰 꿈을 지어 꾸어야겠다.

시

내가 가장 좋아하는 단어는 시(始)
내가 가장 싫어하는 단어도 시(是)
이 세상 모든 것은 다 시(詩)
내 생도 하나의 시(時)

시간

흘러가는 강물처럼 우리네 시간도
여지없이 흘러가버리니
깊은 바닥 저 끝에 남은 건
오직 무언가에 열중했었다는 까마득한 습관

신

신은 존재하지 않는다
인간은 신을 만들었다

실패

성공은 나를 유약하게 만들고
실패는 나를 유연하게 만든다.

실패의 효능
기가 막히네!

아름다워

저 나무 아름다워
저 꽃두 아름다워
저 풀도 아름다워
저 벌도 아름다워
저 나비 아름다워
저 오리 아름다워
저 하늘 아름다워
저 벌레 아름다워

살아 숨쉬고 있다는 것
이 모든 것
다 아름다워

어른이 된다는 것

내일이 새롭고
모든 것이 낯설다.

계속 후회를 만들고
후회하지 않는 법을 배운다.

청양고추맛을 아렸고
생선지느러미의 맛을 알았다.

가슴 한 구석이
눈물로 따가워질때
나는 기나긴 성장통의 끝에 다다랐음을 알고는
조금 기뻤다.

연락처

지운 번호에 후회하고
잊기 위해 지운 그대를 다시 기억하려 안간힘을 쓴다.

한 번 잊기로 맘먹은 결심은
채 일 년을 넘기지 못하나
영원과 지워진 번호는
남은 날을 슬픔 속에 살도록 도와준다.

온기

기도를 하는 것은
마주잡은 두 손바닥이 따뜻해서인가

원색

하늘색 하늘을 창으로 보면
검은 하늘이다

하얀색 여인을 창으로 보면
검은 여인이다

원래 색깔이 무엇인지
본래 색이란 존재할지
내눈속의 검은천으로 뒤덮여 있는 것은 아닌지

유리창 밖 풍경

자다 깬 창밖은
황혼으로 물든 이름모를 혹성이었다.

노을이란 것이 지구와 똑같이 아름다운
익히 들어 알고있는
그 감동과 전율,
무한한 행복함

고향 같은 곳에 돌아오는 나를 반기며
저 먼 곳에 자리한 님이 보내는
따스하며 포근한
오후 일곱 시의 선물

음모

카메라만 보면
나도 모르게 올라가는 두 손가락.

이건 누군가의 암시인가?
아님 누군가의 음모인가?

유통기한

네 유통기한은 이만큼이었나보다
내 유통기한은 그 보단 길었는데
덕분에 매일 돌아보며 산다
언제다할지도 모르는
남은 끝자락에 아파하며

간당간당한 것은
시도조차 말 것!

의문

이미 내가 하고있는 일이라고는
있는 말을 잘 속아내어
그럴듯하게 내 것이라 하는 것

'이러해서 나는 이렇다.'
'그러므로 나는 이렇다.'

가끔 나오는 생각은 진정
모두 나의 것인가
아니면 저 숨은 거대한 존재가 시키는 것인가?

이면지로 쓴 시

문득
시는
종이낭비의 한 방법이란 생각

지금
나는
종이낭비 중~

이번까진 봐드립니다

살면서 이별을 경험하는건
신이 주신 축복인가 봅니다
음악도 하고 글도 쓰고
안하던 술과 담배도 합니다

살면서 실패를 경험하는건
신이 주신 연습인가 봅니다
노력도 하고 술도 쓰고
안하던 욕과 침도 뱉습니다

그런데요,
자꾸 까먹고 또 까먹고 또 주고
또 주시면 저 진짜 화낼 겁니다.

인간

사람은 왜 상대방을 필요로하는가
단지 같이할 상대가 필요해서인가
혹은 수다떨 상대가 필요해서인가
그냥 밥먹을 상대가 필요해서인가
아니면 잠잘 상대가 필요해서인가
그렇다면 도대체 왜 필요로하는가
상대가 사람일 필요는 없지않은가
무엇을 사랑한다고 말할수 있는가

인연

기회라는 것이
어느날 갑자기 찾아오듯
알지못한 운명도 문득
주위로 달음질해 와었다.

인연은 운명이나
관계는 필연이라
주위는 별빛으로 가득 찬,
슬픔.

끝없는 방황으로 이루어진
저 은하수에
우리는 매번 수많은 실수로
기적을 보낸다.

알지못해 기적인
하늘너머 별들사이로 가로지르는
연(緣)과 명(命)에
빛으로 경외하는,
아픔.

잠

고요를 울리는 적막
그 속에서 발버둥치는
가느다란 새를 보아
저 커다란 입이 다가옴을 두려워 않는다.

진득한 어둠이
눋은 땀처럼 어루붙어도
이 압박을 즐기어
굳이 일어서려 시도치 않는 것이다.

붉은 핏망울이
슬며시 기어오를때쯤
한숨을 내쉬며
조용히 무거운 팔을 내젓는다.

맥이 풀리는 한탄
생각지 않음을 생각하며
구태여 아주 구틔어
서서히 깨어날 준비를 하려한다.

제대로 인생을 살려면

제대로된 삶을 살려면,
철학을 배우고
생각을 할 줄 알고
과학을 보는 눈을 기르고
비판과 사고를 할 줄 알아야하고

악기를 배우고
영화를 볼 줄 알고
감상에 돈을 기꺼이 끄고
마음과 행복을 볼 줄 알아야한다.

그렇지만 무엇보다 사랑을 해야 한다.

존댓말

제가 당신에게 건네는
딱딱한 존댓말은
사실 당신을 많이 아끼고 존중한다는 거예요.
반말을 할 줄 모르는게 아니라
당신에게 어떠한 상처도 주기 싫어서
일부러 나는 당신에게 존댓말을 쓰게 되어요.
다리 위에서 서로에게 한 걸음 다가가듯
당신은 나와의 반말을 원하지만
당신은 내가 형언할 수 없는
그런 신비로움으로 가득한 존재예요.

종이봉투

종이봉투가 좋다
안에 도나쓰 호떡 꽈배기 기름통닭
그 안에 월급 졸업장 두둑한 보너스
또 안에 졸업사진 여행사진 사랑편지
마지막으로
저 안에 오롯이 담긴 추억 하나

지하철

우리는 모두 지하철을 타고 있습니다.
이 거무스름하고 빠른 물체는
이미 몇 번이나 나를 구해주었고
나를 어둔 위험에 빠뜨리기도 하였습니다.

지하철이라고 볕이 그립진 않았을까요?
오늘도 구두굽에 밟히며
꿋꿋이 제 할 일을 다 하는
가엾은 지하 속 쇳덩이들입니다.

짝

눈은 둘
손도 둘
발도 둘
알도 둘
귀도 둘
뇌도 둘
이 모두
두 갠데

난
하나

짝사랑

사랑도
혼자선 외로워서
이별이란 짝이 있나보다

책

어려운 책
무지 두꺼운 책
먼지 소복쌓인 책
흰벌레 지나다니는 책
퀴퀴한 곰팡냄새나는 책
어디까지 읽었는지 모르는 책
책장 깊숙이 다른책들 사이에 낀 책
언제 읽을지 정해놔도 매번 안 읽는 책
그런 말못할 많은 책
너무너무 많은 책과 책
다 나에게 파세요!
혹시 몰라요,
그 속에 꼬깃이 접힌 만원짜리 한 장
이제는 가물아련한 첫사랑의 러브레터
끝끝내 전하지 못하고 꾸긴 후회의 시
부모님의 걱정과 한숨 가득담긴 편지
꽂아놓고 까먹고 안 빼놓은 첫돌사진
그 속에 안 늙고 어디안가고 고스란히 있을지.

청춘

도서관이 내 청춘을 빛바래게 한다는 낙서를 보았다.
도서관은 세공소다.
다만 다이아몬드가 없는 점만 다르다.
살아있는 원석들이 시간을 보낸다.

나는
나를 깎는다.
나는
나를 세공한다.

큰 나무

나무는 참 키가 크다
큰 키로 세상 모든 것을 바라볼듯 하구나
나는 키가 작아서
작은 눈으로 지나가는 개미와 인사한다
키 큰 나무야,
너는 원래부터 그리 큰 것이었니?
저 하늘과 가까워진 너는
나보다 조금 더 순수에 대해 알겠구나
나무야 나무야,
네 넓은 팔들을 가득히 감싸
나의 머리를 쓰다듬어주렴
따가운 햇볕을 가려줘서 고마워!

표현

이것은 내 것이란 마음
감추어만 두고픈 마음

모두에 보여야만 내 것이 되는걸
너무 늦게 안 건 아니였는지

학교

감옥에서 수백 아니 수천의 줄을 긋다
의미 있는 줄을 긋다
나오다도 수만의 줄을 긋다
의미 있을지 모를 줄을 긋다
줄을 긋다보니 어느새 나는 펜이 되어있었다.

이미 세상엔 수십억의 펜이 있어 슬프다
그렇다 나는 오늘도 줄을 긋다
쓸모없는 펜, 하나
갈 곳 잃은 펜, 내 옆에 또 하나

허기의 나눔

1080그릇의 밥을 먹으면
한 살이 늘어나는 것이면
앞으로 하루에 한 끼만
일 년을 3년으로 살겠다.

720그릇의 밥이 남으면
눌은 밥 긁어내 모이면
이제는 그릇의 반 공기만
나눈밥 다른이와 먹겠다.

밥이 모자를 때
한 숟가락 덜어
풍족함 느끼며
허기를 먹겠다.

후회

오늘도 나는
수저를 내팽겨치고
집을 뛰쳐나왔다

바쁘다는 핑계로
부르다는 핑계로
한 시간의 잠을
겨우 십 오분간의 뒤척임과
맞바꾸었다

아 그땐 몰랐었다
내가 내팽개친
딱 그 만큼이
쓰디 쓴 알갱이였는지

희생

- 검은 핏자국

너는 원래
다이아몬드와 같은 태생이라 들었다
그런데 왜 이런 누추한 곳에
네 거무스름한 자태를 남기고 가는 것이냐.

아아, 너는…
세상 그 무엇보다 맑간 마음을 품었구나
나무껍질로 옷을 지어 부귀영화를 내버리고
네 몸을 짓이겨 세상 가장 큰 업을 이루었다

내가 너에게 감사한다
너의 아픔을 기억한다

연필,
쓸 때마다 아프다

세상 – 세상을 바라보는 시선

1판 1쇄   2016년 7월 1일

시 | 서동우

발행인 | 서동우
디자인 | 고민정
펴낸곳 | 문학여행
주 소 | 경기도 구리시 건원대로 92,
            114동 303호 한국전자도서출판(주)
홈페이지 | www.koreaebooks.com
이메일 | contact@koreaebooks.com
팩 스 | 0507-517-0001
원고투고 | edit@koreaebooks.com
출판등록 | 제2016-000001호

ISBN 979-11-957549-5-3 (04810)
      979-11-957549-2-2 (04810) 세트 (전 3권)

문학여행은 한국전자도서출판(주)의 출판브랜드입니다.